KB157832

한국 희곡 명작선 18

가족사(死)진

한국 희곡 명작선 18

가족사(死)진

김성진

평민사

김성
진

가족사(死)진

등장인물

사진사(44세, 남자) : 사진관 '추억관'의 주인
여편네(44세, 여자) : 아들의 엄마, 파출부
삼 촌(40세, 남자) : 아들의 삼촌, 백수, 외팔이
아 빠(44세, 남자) : 아들의 아빠, 집 나간 지 3년
아 들(17세, 남자) : 고등학생
딸내미(12세, 여자) : 초등학생, 아빠를 그리워 함

때

2018년, 현재

장소

도시 변두리 허름한 사진관

무대

도시 변두리 골목 한켠, 허름한 사진관 내부.
무대 가운데에는 사진을 찍을 수 있는 공간이 보이고 하얀색 배경판이 커다랗게 놓여 있다. 그 옆으로는 조명기와 반사판 비치되어 있다. 배경판 앞에는 투박한 의자 두어 개 놓여 있고, 한쪽에는 삼각대 위 사진기 비치되어 있다. 카메라의 머리는 특이하게 배경판이 아닌, 입구를 보고 있다. 출입문 앞으로는 카운터로 보이는 조그만 데스크가 보이고 찌든 때가 가득한 소파가 하나 놓여 있다. 무대 상수 쪽에는 여러 사진들이 붙어있

다. 무대 하수에는 사진관의 입구가 보인다. 출입문 위에는 종이 하나 달려있고 밖에서 안을 들여다 볼 수 있는 유리창이 존재한다. 유리창 밖으로는 낙엽이 가득하다. 유리창 위로는 하얀색 배경에 투박한 글씨로 '추억관' 이라고 적힌 간판이 달려있다.

전체적으로 투박하고 허름한 분위기이다.

제1장

막이 오르면, 출입구 밖에서 허름한 빗자루를 든 사진사가 낙엽을 쓸고 있다. 항상 하는 일인 듯 무심하게 낙엽을 쓰는 사진사. 먼 산을 바라보는 사진사.

사진사　오늘은 이만 들어갈까. (안쪽 쳐다보는) 이래가지고 입에 풀칠은 할 수 있을런지. 오늘도 꽝이구만.

낙엽 쓰는 것을 관두고 빗자루를 한 쪽에 세운다.
주변을 살피는데, 쪼그려 앉아있는 아들을 발견한다.

사진사　아이고 깜짝야. (사이) 너 아저씨가 여기서 담배피우는 거 또 걸리면 그때 가만히 안둔다고 했지.

아　들　담배 끊었어요.

사진사　개가 똥을 끊지. 여기서 한두 번 본 줄 알아. 이 골목 앞에서 나오는 담배꽁초들 다 니들 짓이지. 하루에 꽁초가 몇 개가 나오는 줄 알아?

아　들　이젠 진짜로 안 피울 거라구요. 피울 시간도 없고.

사진사　몸에 나쁜 거 뭐 좋다고 피워대냐. 그런 거 피우다가 일찍 죽어 임마.

아　들　어차피 사람은 다 죽는데요.

사진사   이놈 봐라. 안 본 사이에 철학자가 다 됐네. 요즘 고등 학교 올라갔다고 책 좀 뒤져보나 봐? 이 꼴통한테 내가 생전 이런 소릴 다 들어보네.

아 들   죽으면 어떻게 될까요.

사진사   쓸 데 없는 소리 하지 말고 공부나 열심히 해 임마. 네 나이 땐 딴 거 없어.

아 들   그럼 뭐가 달라진다고. (한숨)

사진사   뭐 세상 다 살았어? 누가 보면 칠십 노인네인 줄 알겠 네. 한숨 쉬지 마 땅 꺼져.

아 들   나 안에 들어가도 돼요?

사진사   오늘 하루 종일 꽁쳐서 장사 접으려고 했는데 네가 오 늘 개시다.

아 들   다행이네요. 제가 그나마…

사진사   (자르며) 이게 농담을 진짜로 받아드리네. 네가 여기 들 어와서 뭐하려구. 너가 영정사진 찍어서 뭐하게. 아니 지, 뭐 학교에서 반명함이라도 찍어 오래냐?

아 들   그러니까 손님이 없지. 영정사진만 찍는 사진관에 손님 이 많을 턱이 있나.

먼 곳을 바라보는 사진사, 사연이 있는 듯한 표정이다.

아 들   나도 영정 사진 좀 찍어주세요.

사진사   (사이) 오늘 뭔 바람이 불어서 이래. 맨날 묻는 말에 틱 틱대고 가버리던 놈이. 너 영정사진이 뭔 줄 알고 찍겠다는 거지 지금? 이제 막 고등학교 들어간 놈이.

아 들 사람 가는 거 순서 없잖아요. 미리 준비해두면 좋지 뭐.

사진사 어허. 당돌하네 이게. 그래도 너보단 내가 먼저 갈 거 같아.

아 들 찍어주세요.

사진사 농담 따먹기 할 거면 돌아가라. 아저씨 오늘 마무리 일 찍 할 거야.

아 들 안 찍어주실 거예요?

사진사 집 가서 네 아버지한테 한번 물어봐라. 내가 오늘 사진 관에 가서 영정 사진을 찍어달랬는데 거절을 하더라고. 아니다, 내가 네 애비한테 한번 물어볼게 우리 둘 중 누 가 먼저 갈 거 같은지.

아 들 … 아빠 안 계세요.

사이.

사진사 미안하다.

아 들 제가 언제 아빠 이야기 한 적 있어요?

사진사 … 그러고 보니 한 번도 이야기 꺼낸 적이 없네.

아 들 어딘가는 살아계시겠죠?

사진사 그게 무슨 소리냐.

아 들 집 나갔는데. 엄마는 죽었다고… 몰라요 저도.

사진사 연락이 안 되는구나?

아 들 돌아가셨대요. 근데 난 믿기지가 않아요. 그래서 통화

도 안 되는 번호 누르고 매번 메시지 남겨요. 언젠간 듣
겠죠?

사진사 … 누구나 힘든 사연은 있어. 다 힘들어. 사는 게 드라
마야 다들. 너만 그렇게 사는 거 아니야.

아 들 그러니까 찍어주세요.

사진사 이 자식이 증말. 따라 들어 올 생각하지 마.

사진사, 들어가려 하는데.

아 들 오늘이 마지막이란 말이에요! 내일은 나 여기 못 올지
도 모른다구요.

사진사 뭔 소리야 또?

아 들 나 내일 여기 없을 지도 모른다구.

사진사 (농담) 왜, 누가 널 죽이기라도 한다니?

아 들 그렇다면 찍어주실 거예요?

사진사 너 지금 나한테 장난치는 거면…

아 들 (자르며) 장난 아니에요. 나 지금 진지하단 말이에요. 내
가 장난치는 거 같아요?

사진사 어.

긴 사이.

사진사 일단 들어와.

사진관 안으로 들어와 소파에 앉는 두 사람.

긴 정적.

사진사   좌우간 이게 무슨 소리냐. 너가 언제 죽는 지 아는 초능
력이라도 생겼니?

아 들   나 내일 죽어요.

사진사   앞 뒤 다 자르고 그렇게 이야기 하지 말고 차근차근 이
야기를 해봐.

뜸 들이는 아들.

사진사   뜸 들일 거면 집에 가.

아 들   엄마가 우릴 다 죽이려고 한다구요.

사진사   … 엄마가?

아 들   그리고 자기도 죽을 거예요.

사진사   집에 무슨 일 있어?

아 들   무슨 일이 없는 날이 어디 있어요. 우리 집에.

사진사   아니 갑자기, 그건 그렇고 어떻게 알고 있는 거냐 너는
이걸.

아 들   엄마 습관이 있어요. 달력에 이것저것 적으시고 표시해
두고, 그냥 그러려니 했어요. 평소에 들여다보지도 않
으니까 저는. 근데, 그러니까 내일이 원래 제 생일이거
든요. 그래서 달력을 봤는데 웬 빨간색 동그라미가 쳐
있는 거예요. 항상 빨간색 불길하다고 쓰지 말라 그런

11

게 엄만데. 이상하게 불안하다 싶었어요.

사진사 겨우 그거 가지고 호들갑이야? 다른 색깔이 없었나보지. 표시는 해야겠고.

아 들 유서 봤어요. 불안해서 이곳저곳 뒤졌거든요. (사이) 날짜개념이 투철하신가 봐요. 유서에 날짜까지 다 적으시고.

사진사 근데 왜 아무한테도 말을 안 해.

아 들 우리 집이요. 힘들어요 좀 많이.

사진사 힘든 건 힘든 거고, 어머니한테 사실대로 말하고 설득을 해야지. 집에 어른 누구 안 계시냐?

아 들 삼촌 하나 있어요. 근데 삼촌은 어른이 아니에요. 나보다 더 어린애 같아요.

사진사 아니, 아무리 그래도 그렇지. 대책 없는 놈. (사이) 갑자기 죽으려는 이유가 뭔데.

아 들 내가 죽으려 하나요. 나야 모르죠. 근데… 집에 무슨 일이 나긴 난 거 같아요.

사진사 무슨 일?

아 들 잘 모르겠어요. 며칠 전에 삼촌이랑 엄마랑 작은 방에서 큰소리가 한참 났어요. 엄만 울고… 돈 때문이겠죠 또.

'찰칵'. 출입구를 바라보는 카메라 찍히는 소리.
아들, 카메라를 쳐다본다.

사진사 신경 쓰지 마. 자동으로 찍히도록 설정해둔 거니까.

아 들 왜요?

사진사 그냥… 뭐, 무작위로 사진을 찍게 해두는 거야. 저렇게 두고 며칠 간격으로 저렇게 해두고 인화를 해. 그럼 다 달라, 시간이 지나면 들어오는 빛도 다르고 날씨도 다르고. 그러다 지나가던 사람이라도 하나 찍히는 날에는 엄청 운 좋은 날이지.

아 들 뭐야.

사진사 재밌잖아. 그냥, 직업병이라고 할까. 순간순간이 지나면 다신 돌아오지 않으니까… (사이) 그래서 지금 내일 죽으니까 영정사진을 찍어달라?

아 들 이렇게 허무하게 갈 순 없잖아요. 영정사진 하나 못 남기고.

사진사 그걸 믿으라는 소리야? 내일 죽을 거라 영정사진을 찍으러 왔다는 게? 죽기 이렇게 싫다는 놈이? 애다운 생각이다.

긴 사이.

사진사 털어 놓을 사람이 필요했던 건 아니고?

아 들 (사이) 무서워요.

사진사 아니 아까 그 애 같다던 삼촌한테라도 얘기를 좀 해봐. 지금이라도.

아 들 욕을 입에 걸레처럼 물고 다니는 사람한테 뭘 이야기해

요. 맨날 자기 인생이 좆같다느니 어떻다느니… (사이)
지금 나 도와줄 사람은 아무도 없어요.

'찰칵' 사진기 찍히는 소리.

사진사 집 안에 또 누구 없어?

아 들 동생 하나 있어요. 있으면 뭘 해. 초등학교 5학년이 뭘
알아요. 울기나 할 줄 알지.

사진사 초등학교 5학년이면 알만한 건 알지 뭘.

아 들 애가 좀 이상해요. 아빠 집 나가고 나서. 어딘가 멍해
보이기도 하고. 충격이 컸겠죠 나나 걔나. 아빠 죽었단
소리 들었을 땐 걔는 몇날 며칠 지 방에서 나오지도 않
았는데요. 우느라.

사진사 (한숨) 경찰에 신고는?

아 들 자살하려는 사람이 경찰에 알리면 자살 안 한대요?

사진사 하겠지?

아 들 아저씨-!

사진사 도망가는 건 언때? 도망가면 되잖아.

아 들 그럼 그 사람들은요. 우리 가족들은요.

사진사 혼자 살긴 싫은 모양이군.

아 들 식구잖아요.

사진사 보기보다 어른스럽네.

아 들 원래 우리 집이 이렇게 찢어지게 가난하지 않았거든요.
엄청 부자는 아니었지만 가족들 모두 행복하게 잘 살았

는데.

사진사 집 나가고. 아버지 때문에 이렇게 됐구나.

아 들 반은 맞고 반은 아니에요.

사진사 뭐?

아 들 아빠가 보증 잘못 서가지고 집이 이 꼴 났거든요. 그래서 아빠는 집 나간 거고.

긴 사이.

사진사 보증?

아 들 저는 지옥 가서도 보증 서달라면 안 서줄려고요.

사진사 그게 또 말처럼 쉽지가 않아.

아 들 이렇게 죽으면 분명 지옥 가겠죠?

사이.

사진사 아무래도 안 되겠다. 너희 집 가자. 집이 어디니. 안 그래도 오늘 그만 들어가려고 했는데 잘 됐다. 아저씨가 도와줄게.

아 들 엄마 아직 퇴근 안했어요.

사진사 언제 오시는데.

아 들 … 엄마는 저녁 늦게. 파출부 일이 원래 그렇대요.

사진사 파출부? 내일도 늦게 오시니?

아 들 내일 쉬는 날이에요. 한 달에 한 번 일요일. 그러니까

내일로 생각을 하셨겠죠. 그리고 보니 매달 쉬는 날이
되면 파마를 하시러 미용실에 가시는데.

사진사 파마?

아 들 내일은 파마를 하러 가실까요…

'찰칵' 사진기 찍히는 소리.

아들, 시선이 사진기에 향하다 이내 한쪽 벽에 붙은 가족사진
들을 쳐다보며 그 앞까지 다가간다.

아 들 가족사진… 영정사진만 찍는 사진관인데 가족사진은
왜 있어요?

사진사 영정사진을 붙여놓을 순 없잖아. 그냥 그 쪽이 좀 허하
기도 하고.

아 들 다들 기분이 좋아보이네. 그리고 보니 우리 가족은 가
족사진이 한 장도 없네요. 우리도 옛날엔 이렇게 행복
했는데.

사진사 보니까 너랑 이야기해서 해결될 일 아니다. 엄마 전화
번호… 아니다.

사이.

사진사 내일 여기로 모시고 와.

아 들 무슨 수로요?

생각에 잠기는 사진사.

사진사   그거다. 가족사진.

아 들   네?

사진사   가족사진 찍자고 해. 아저씨가 공짜로 찍어준다고.

아 들   가족사진이요? 엄마가 오시겠어요?

사진사   너 내일 생일이라며 그것도 못 들어주시겠어?

'찰칵' 카메라 찍히는 소리.

사진사   자꾸 신경 쓰지 마. 시간이 지나면 저절로 찍히는 거니까.

아들, 사진기 앞에 다가간다.

아 들   가족사진… 오실까요.

찰칵, 찰칵 소리 반복된다.

아 들   이것도 자동으로… 신기해요 이 사진기.

사진사   … 그건 고장이다.

불편한 표정의 사진사.
카메라 찍히는 소리 커지면서 암전.

제 2장

뽀글 머리를 한 여편네, 멍한 표정으로 사진이 붙어있는 벽을 빤히 바라보고 있다. 아들은 소파에 앉아 커피를 홀짝이고 있고, 사진사는 무대 가운데 있는 카메라를 만지작대고 있다. 딸내미 무표정으로 사진사를 바라보고 있다.

딸내미 이거 찍히긴 하는 거예요? 뭔 놈에 사진관에서 사진기가 말썽이람.

사진사 이게 오늘 왜 이러지.

아 들 … 어제도 그랬잖아요.

딸내미 나 오늘 훈이랑 약속 있는데.

여편네 (무기력한) 오늘은 일찍 들어와. 밤늦게까지 쏘다니지 말고.

딸내미 언제 그런 거 신경 썼다고.

여편네 오늘은 그렇게 해. 내일부터 너가 뭘 하든 신경 안 쓸 테니까.

딸내미 뭐 언제는 썼담?

여편네 말본새하곤. (한숨)

딸내미 근데 삼촌은?

여편네 아무 것도 안하고 집구석에만 누워있는 양반이 왜 안와. 너는 꼭 이걸 찍어야겠니?

아 들 우리 집에 가족사진 한 장도 없잖아.

여편네 그래 찍자 찍어. (혼잣말) 가족이 다 모여야 가족사진이
지. 지 애비 없는 거 자랑할 일 있니. 그나저나 왜 가족
사진을 공짜로 찍어주는 거예요?

사진사 아 뭐, 디피용도 이제 좀 필요하고요. 사진들이 워낙 옛
날 거다 보니까.

여편네 여기 영정사진만 찍는 곳이라더니 웬 가족사진을. 보니
까 장사가 잘 안 되나 봐요?

사진사 (화제를 돌리는) 파, 파마하셨나 봐요?

여편네 외간 여자 머리한 건 뭐하러 신경 쓰신대? 남편 없다고
지금 나 무시해요?

사진사 아니, 그런 뜻은 아닙니다. 매달 하신다면서요?

여편네 (아들을 보며) 얘가 별소릴 다했네.

사진사 다음 달도 또 하실 거죠?

딸랑 소리와 함께 삼촌 등장한다.
공장 점퍼를 입고 있는 삼촌은 팔이 한쪽 없다.

삼 촌 뭔 놈의 사진을 찍는다고 난리야. 가족사진? 가족사진
은 가족들이나 찍는 거지.

아무도 대꾸하지 않는다.

삼 촌 나 누구랑 얘기하니? 인생 좆같네 증말. 이거 너가 찍

자고 했다며?

여편네   왔으니까 후딱 찍고 갑시다.

삼 촌   팔 한 짝 없는 거 누구한테 자랑할 일 있어? 난 안 찍어
요.

여편네   쓸데없는 소리 하지 말고.

삼 촌   아니 안 찍는다고 얘기하려고 온 거여. 내가 핸드폰이
있어요 뭐가 있어요. 갑니다.

여편네   마지막이래잖아!

삼 촌   뭐가 마지막이야.

여편네   소원이래. 마지막 소원. 다신 이런 소원 안 빌 거래. 그
리고 애 생일이에요. 애 생일이 언젠지도 몰라? (사이)
선물 준 셈 치지 뭐.

사이.

삼 촌   니미 낭만은… 커피나 한 잔 주쇼.

여편네   마음에도 없는 소리 하는 건 아주 습관이야.

사진사   카, 카메라 고치는데 시간이 좀 걸릴 것 같은데 담소들
좀 나누고 계세요.

삼 촌   뭔 놈의 사진관에서 사진기가 말썽이야.

삼촌을 훑어보는 사진사.

삼 촌   뭐여. 장애인 처음 봐? 외팔이 처음 보냐고.

사진사   처음 봅니다.

딸내미   빨리 빨리. 사진 찍자.

아 들   기다려.

삼 촌   너 팔 없이 사진 찍고 싶냐?

아 들   그러게 누가 없애고 다니랬나.

삼 촌   이 새끼 말하는 거 봐. 이 팔이 내가 없애고 싶어서 없
         앴냐? 누가 보면 내가 내 팔 자른 술 알겠어.

여편네   조용히 있어요. 서방님 좀.

삼 촌   결혼도 안 했는데 거 서방님 소리 좀 그만해요.

여편네   그 나이에 도련님 소리는 어떻게 하고.

삼 촌   니미 시부랄.

여편네   밖에까지 나와서 집안 시끄러운 거 자랑하지 말아요.
         (사진사에게) 미안해요.

사진사   아니요. 괜찮습니다. 집안이 안 시끄러울 수 있나요. 다
         서로 다투고 다시 화해하고 그렇게 또 사는 거죠. 그러
         니까 가족이죠.

삼 촌   가족은 가장이 있어야 가족이지.

여편네   자기 얼굴에 침 뱉기에요.

딸내미   (사이) 여기 가족사진 보니까 하나같이 행복해 보인다.
         이거 이렇게 하라고 시킨 거죠.

사진사   아니, 사진이란 게 참 신기해. 당장 다투다가도 찍는다
         고 하나 둘 하면 표정이 행복한 표정으로 바뀌지. 누구
         나 사진을 불행한 표정으로 찍고 싶은 사람은 없거든.

딸내미   그런다고 불행한 게 바뀐담?

사진사 그래도 사진을 찍는 순간은 행복할 수 있지. 잠깐이지만 그 순간은 행복하잖아?

삼 촌 거 형씨. 커피 달래니까.

사진사 이것 참. 내 정신 좀 봐. 미안합니다.

사진사, 커피를 타러 안으로 들어간다.
가족들 한참 말이 없다. 기침 심하게 하는 딸내미.

여편네 이년 이거 또 기침하는 것 봐. 너 밤늦게 쏘다니지 말라니까.

딸내미 그거 때문에 그런 거 아니야.

여편네 아니긴 뭘 아니야. 찬바람 입으로 다 들어간다니까. 마스크 하라니까 사다 줘도 한번을 하지도 않고. (사이) 됐다 됐어. 마스크가 다 무슨 소용이니.

딸내미 불편하단 말이야.

여편네 넌 기관지가 안 좋아서 신경써야 된다구.

딸내미 아, 알았어 - !

여편네 엄마가 이야기하면 항상 잔소리로 듣지 말고.

딸내미 누가 보면 무슨 불치병이라도 걸린 줄 알겠다. 목 좀 안 좋은 거 가지고 뭘.

사이.
엄마 표정이 심상치 않으나, 가족들은 눈치 채지 못한다.

딸내미　오늘 오빠 왜 이렇게 조용해?

아　들　뭘 똑같은데.

딸내미　아닌데 뭘. 짜증도 하나도 안내고. 오빠 안 같아.

아　들　시끄러.

딸내미　응. (사이) 오늘 같은 날 아빠도 같이 와서 찍었으면 좋
　　　　　겠다.

여편네　아빠 얘기 하지 말라고 했다. 늬 아빠 죽었다고 몇 번
　　　　　말해!

딸내미　나. 아빠 봤다.

놀라는 여편네.

삼　촌　뭐? 형 봤어? 어디서. 살아있는 거야?

딸내미　꿈속에서 나왔어. 그날 있지.

사진사, 커피 들고 등장한다. 가족들은 눈치 채지 못한다.

삼　촌　저년 저걸 콱 그냥.

딸내미　왜 아빠가 우리 옷 이만큼 사준 날 있잖아. 내 사이즈도
　　　　　아닌데 엄청 큰 옷 바리바리 사고, 돈가스 먹고.

여편네　언제 적 이야기를 하는 거야.

딸내미　아빠가 언제 또 사줄지 모를 거라고 그랬잖아. (사이) 이
　　　　　제는 진짜 언제 또 사줄지 모르겠다.

삼　촌　아빠 노릇 제대로 했네.

여편네　그러게 내가 그렇게 보증서는 거 아니라 그랬는데.

아 들　그러니까 엄마한테 말을 못했지.

여편네　그놈 잡으러 여까지 온 거 아니야. 이 근방 어디로 숨었다고 해서. 3년을 찾아도 어디 뵈질 않네 뵈질 않아. 그렇다고 집을 기어나가. 뭐 잘한 게 있다고.

딸내미　그때 아빠가 사준 잠바… 이거다. 아직도 이렇게 길어. 어쩌면 이렇게 길게 안 올 줄 아빠 알고 있었나봐.

사이.

여편네　짐을 싸들고 여기까지 내려와 살면 뭐해. 아무리 찾아도 어디 갔는지 모르는데. 아무튼 그놈도 보통 놈은 아니야. 그렇게 쥐 잡듯이 찾는데 안 걸리는 거 보면.

아 들　솔직히 처음 한두 달이나 죽자사자 잡았지. 그 이후엔 뭐 신경이나 썼나.

여편네　이름도 모르는 사람을 어떻게 잡아.

아 들　이리로 내려오자고 한 건 엄마야. 그리고 이제 와 잡으면 뭘 해.

여편네　찢어 죽여야지.

삼 촌　(깜짝) 살벌하네. 근데 오늘은 형 얘기하는데도 화 안내네. 뭔 날이에요?

여편네　뭔 날이네요 날이야. (민망한 듯) 뭔 놈의 커피 타러 간 사람이…

사진사　(사이) 들으려고 들은 건 아닌데.

여편네	사람이 인기척도 없네.
사진사	못 들은 걸로 하겠습니다.
삼 촌	뭐 못 들은 걸로 하면 들은 게 없어져? 됐수다.
사진사	사정이 좀 있으신가 봐요.
삼 촌	남의 가정사 궁금해서 뭐하려고. 어디부터 들었어?
사진사	잘은 모르겠지만 처음부터인 거 같네요.
삼 촌	여긴 술 없죠?
여편네	아이고 저 화상.
삼 촌	팔이 쑤셔 또. 술기운이 돌아야 괜찮다고요.
여편네	말도 안 되는 핑계 좀 대지 마세요. 내가 전생에 무슨 죄를 지어서 도망간, 아니 죽은 남편 동생까지 책임지고 있는지.
삼 촌	왜 또 말을 서운하게 하고 그래요? 누군 살고 싶어서 여기 사는 줄 아나.
여편네	뭐라고요?

두 사람 팽팽하다.
아들, 그런 엄마의 팔을 잡는다.

아 들	엄마.
딸내미	카메라 아직이죠?

딸내미 익숙한 듯 퇴장한다.

25

아 들　야 어디가. (한숨)

삼 촌　그만 합시다. 오늘은 나도 요까지만 해요 열 뻗칠라니까 지금 또.

사진사　돼, 됐네요. 고친 거 같아요.

사이.

여편네　이놈의 시끼는 또 어딜 나가.

아 들　또 시끄러워질까봐 나갔지.

한숨 쉬며 소파에 앉는 여편네.

사진사　(잘 됐다 싶은) 천천히 찍으시죠. 어차피 손님도 없는데. 하루 종일 혼자 있으면 적적하거든요. 이렇게 북적북적하니까 저는 좋은데요.

삼 촌　퍽이나.

긴 사이.

가족들 말 없다.

안절부절 못하는 사진사.

여편네, 천천히 가족사진 쪽으로 걸어가 사진을 한참 쳐다본다.

사진사   가족사진입니다. 행복해보이지 않아요?

여편네   이런 거 차리려면 얼마나 들어요? … 그냥 궁금해서.

사진사   다 무너져가는 사진관 뭐 얼마나 하겠습니까.

여편네   이런 거 기술 있어야 차릴 수 있는 거죠.

사진사   사진 찍는 게 뭐 기술이랄 게 있습니까. 예전에야 저도
그런 줄 알았죠.

여편네   부럽네.

사진사   사진 찍는 거 별 거 아니에요.

여편네   (사진을 빤히 바라보는) 그거 말고요…

사이.

사진사   (할 말을 찾지 못하는) 힘, 힘내세요.

여편네   제가 힘들어 보여요?

사진사   아니요, 그런 뜻은 아니고.

여편네   내가 힘든 표정을 짓고 있긴 한가 봐요. 여기 얼마 전에
지나가다 봤어요. 유리창 너머로 이 사진이 눈에 걸려
서요. 가만히 보다가, 이렇게, 행복한 사진을 보고 있다
가 유리에 비친 내 얼굴이 보이더라고요. 세월에 찌든
세상 불행한 얼굴. (사이) 근데 기억이 안 나는 거예요.

사진사   뭐가…

여편네   내 표정이 원래 이런 표정이었는지 힘들어서 이런 표
정이 된 건지. 너무 오랫동안 힘들어서 원래 내 표정
이 뭔지.

삼 촌	시끄럽고. 배고파. 들어가 밥 먹자 그냥.
여편네	으이그 식충이 식충이. 내가 못 살어.
삼 촌	사람이 밥은 먹고 살아야지.
여편네	서방님이 아니고 웬수야 웬수.

사이.

여편네	벌써 시간이 이렇게 됐네.
사진사	안 그래도 밥 때를 훨씬 넘은 거 같은데. 식사라도 하실래요?

가족들, 사진사를 쳐다본다.

사진사	아니, 제가 배가 고파서 그래요 제가.
삼 촌	(화난 듯) 이봐 형씨!
사진사	(사이) 네?
삼 촌	오늘 한 말 중에서 제일 마음에 들었어. 당신이 쏘는 거지?
여편네	사진도 공짜로 찍는데 무슨 낯짝으로. 됐어 됐어요.
사진사	괜찮습니다. 이, 이거 취미로 하는 겁니다. 취미로.

카메라 탁탁 치는 사진사.
손사래 치는 여편네.

사진사 다 고장 난 카메라로 무슨 놈의 돈을 받고 사진을 찍습니…

'찰칵' 소리 연신 나는 카메라.

아 들 또 고장났네.

사진사 짜장면이라도 시켜먹죠! 제가 사겠습니다.

전화기 드는 사진사.

여편네 (당당) 저는 짬뽕이요.

일동, 손사래 쳤던 여편네를 쳐다본다.

여편네 짜장면 부대껴서.

삼 촌 난 짜장면! 중국집은 짜장면이지.

사진사 넌 뭐 먹을래?

아 들 난 안 먹어요.

삼 촌 이 새끼. 돈 아까운 줄 모르네. 그럼 얘 거까지 두 그릇 시켜주쇼. 내가 다 먹을라니까. 거 고량주 쪼그만 거 하나…

여편네 (자르며) 쫌!

아 들 짜장면 하나요.

삼 촌 안 먹는대매. 이랬다저랬다 하는 거 반칙이야.

아 들	삼촌은 삼촌 입 밖에 없어? (고갯짓하며) 유경이 들어올 거 아니야.
사진사	여보세요. 자금성이죠? 여기 추억관입니다.
아 들	저기, 참…
삼 촌	거 짜장면 하나는 오이 빼주쇼.

삼촌을 쳐다보는 아들.

여편네	꼴에 삼촌이라고 조카 챙기긴.
삼 촌	뭘 챙겨. 오이 있다고 안 먹는다고 투덜투덜 댈까봐 그렇지.
사진사	… (좋아하는) 아 오늘 장사 안 해요?
삼 촌	아이 참, 오늘 짜장면 삘이였는데.
사진사	네, 네 아 수고하세요. (사이) 그럼 짜장면은 좀 그렇고 요기할 거 좀 갖다 드릴게요. 잠시만요.

사진사, 안 쪽으로 퇴장한다.

아 들	유경이 오이 안 먹는 건 어떻게 안대?
삼 촌	저번에 오이 맥였다고 울었잖아 걔.
아 들	언제?
여편네	애는 기억 안나니? 네 삼촌이 술 이만큼 되가지고 오이 소박이 먹겠다고 오이를 이-만큼 사왔잖아. 집에 부추 도 없는데.

삼 촌   액젓도 없잖아.

여편네   시끄러워 좀. 그때 네 삼촌 정신 나가가지고 애 자는데 오이 입에다 들이밀어 가지고 유경이 울고 난리도 아니었다.

사이.

여편네   그날 유경이 우는데 옆에서 좋다고 웃고 아주 그냥. 다 큰 어른이 되가지고 말이야.

삼 촌   아니 우는데 초콜릿 주니까 실실 쪼개는 게 또 웃기잖아.

너털웃음 터뜨리는 삼촌.

삼 촌   울다 웃으면 똥꼬에 털 난다니까. 자기 똥꼬에 털 난 거 어떻게 알았냐고 펄쩍 뛰는 거 있지.

웃는 아들.

여편네   그래도 유경이가 순수하긴 순수해 아직.

아 들   그날이 왜 기억이 안 나지?

삼 촌   그날 너 집 나간 날이야.

여편네   집 나간 애새끼나, 입 하나 줄었다고 외식하자는 삼촌이나…

삼 촌 나는 얘 집 나간 줄 몰랐어.

아 들 관심이 없는 거겠지.

여편네 집 나가는 건 아주 부전자전이야.

삼 촌 얌마. 내가 말을 안 해서 그렇지… 어휴 됐다.

여편네 (사이) 그날 니 집 나간 날. 삼촌 그거 다음 날 알아가지고. 길길이 날뛰면서 동네방네 다 뒤졌다. 너 찾겠다고.

삼 촌 (으쓱하는) 그런 이야길 꺼내고 그래요. 너 또 집 나가면 뒤질 줄 알아 아주 그냥. 요즘 세상이 옛날 세상인 줄 알아? 코 베어가면 눈 감기는 게 이 세상이야 임마.

아 들 (사이) 엄마, 나 또 집 나가도 돼?

여편네 뭐?

아 들 오늘 집 나가면, 나 찾을 거지. 내일도 내일 모레도.

여편네 뭐 이쁘다고 니 새낄 찾아. 알아서 잘 먹고 잘 살겠지.

사이.

여편네 너 아빠 때문에 짜장면 안 먹는 거지?

삼 촌 오늘 따라 왜 이렇게 형 타령이야.

아 들 아빠가 짜장면 좋아했잖아. 엄마도 그래서 짬뽕 먹는 거 아니야?

여편네 난 얼큰한 게 땡겨서 그래.

아 들 매운 거 손도 못 대면서.

여편네 자금성 거기 안 맵게 잘해!

삼 촌 언제 먹었어? 나 없을 때 시켜먹었지.

여편네 서방님 없을 때 시켜먹겠어요? 들키면 자기 왕따 시키네 어쩌네 난리를 칠 거면서.

아 들 밥 먹을 땐 다 같이 먹어야지. 그때 나 가출한 날도 엄마가 맛있는 거 다 남겨놨었잖아.

여편네 그거 얼마나 된다고 나갔다 들어온 애 꺼 뺏어 먹고.

삼 촌 먹을 땐 다 같이 먹어야 한다며.

여편네 서방님은 먹었잖아요. 전 날!

삼 촌 형수는 어제 잠잤으니까 오늘 안 졸리슈?

여편네 그거랑 그거랑 같아요? 가방 끈 짧은 티를 내 아주 그냥.

삼 촌 형수 중졸 아니슈?

아 들 됐어. 맛있게 먹었으면 됐지 뭐.

여편네 먹어도 같이 먹고 굶어도 같이 굶는 거야. 그게 식구야. 다 같이, 뭐든 다 같이 하는 거야. 그래야 이겨낼 수 있으니까.

사진사, 등장한다.

사진사 오래 기다리셨습니다.

사진사, 고구마와 감자 올려놓는다.

삼 촌 이게 웬 거요? 뭔 고구마가 다 나와 사진관에서 안 어울리게?

사진사   여기서 가끔 먹고 자고 합니다. 뭐 집 가봐야 딱히 할
          것도 없고.

여편네   오늘 감사해요.

사진사   아닙니다. 부담 없이 드세요. 이웃끼리 돕고 사는 거죠.

삼 촌   (심각한) 뭔가 큰 착각을 하나본데 우리가 도와줄 건 없
          어.

여편네   (등 때리며) 쪽팔린 줄 좀 알아요 좀.

삼 촌   아, 아파 - !

아들, 고구마 까서 삼촌에게 넘겨준다.

사진사   그래도 가족은 가족이네요. 삼촌 팔 불편하다고 고구마
          도 다 까주고.

삼 촌   나 고구마 안 먹어 이 새끼야. 감자 줘.

아 들   먹지 마.

삼 촌   이보쇼 형씨. 나 감자 좀. 내가 손이 이래가꼬.

사진사   이렇게 보니까 보통 가족들하고 다를 게 하나도 없네
          요.

여편네   그건 또 좌우간 무슨 소리에요?

아 들   하, 하도 아까 시끄러웠으니까 그렇지.

여편네   사진기나 좀 고쳐봐요. 빨랑 찍고 갈라니까.

사진사   아 차차. 맞네요.

아 들   먹고 하시라 그래.

사진사   좀 아까 먹어서 괜찮습니다.

카메라로 자리를 옮기는 사진사.

감자 힘들게 먹는 삼촌.

삼 촌　니미 감자 하나도 제대로 못 먹네.

사진사　요즘 의수도 좋은 거 나온다는데 찾아보면 괜찮은 거 많대요.

삼 촌　(여편네에게) 늘었지?

여편네　뭘 들어요.

삼 촌　의수 말이야 의수. 몇 년째야.

여편네　쓸 데 없는 소리 하지 말고 걍 까 드세요.

삼 촌　좆이나 까 드시라고? 너무 한 거 아니요 진짜.

여편네　알콜 중독이 되더니 귀까지 먹었나.

삼 촌　내가 알콜 중독 아니라고 했죠. 술기운이 돌아야 팔이 덜 쑤신다니까. 에이 시팔.

사진사　제가 괜한 소릴…

여편네　(자르며) 니가 쳐 먹은 소주면 의수 방구석에 쌓고도 남았어!

삼 촌　왜 또 돈 얘긴 꺼내고 지랄이야 지랄이.

사진사　아니, 저는 그런 뜻이 아니었는데…

삼 촌　아직도 엊그제일 때문에 그런 거요? 앞으로 안 그러면 될 거 아니야.

아 들　삼촌 뭐 또 사고 쳤어?

여편네, 한숨 쉰다.

삼 촌	안 그런다고.
여편네	뭘 안 그래 뭘.
삼 촌	아 안 먹는다고! (사이) 계란 몇 개가 그렇게 아깝나. 애들이 먹는 건 안 아깝고 내가 먹는 건 아깝고. 고까워서 내가 집을 나가던가 해야지.
여편네	계란이라도 한 판 사온 게 언젠데 그거 애들 걸 홀라당 먹어요?
삼 촌	반찬이 하도 없어서 후라이 몇 개 해 먹었다. 미안해요. 먹을 거 가지고 서러워서 살겠나 증말.

슬쩍 웃는 사진사.
삼촌, 일어서서 나간다.

여편네	어디 가요.
삼 촌	담배 피우러 간다. 담배! 담배피우고 일찍 뒤지던가 해야지 참.
여편네	그거 때문에 내가 이러는 거 아닌 거 알잖아요.

나가려다 멈추는 삼촌.

삼 촌	여기서 또 한판 붙어?
아 들	여기까지 와서 왜 이래.
여편네	왜 이러냐고? 넌 내가 왜 이러는 줄 몰라서 이러지.
삼 촌	애한테 무슨 소릴 해. 집 가서 얘기해요.

여편네 속 터져서 그런다 속 터져서. 내가 왜 이렇게 화만 내고 사는 줄 알아요? 속이 터져서 그래 문드러져서!

사이.

사진사 그, 계란이 부족하시면 냉장고에 좀 있는데…

여편네 내가 계란 때문에 이래요?

삼 촌 간다. 시팔 니미 가족사진은 개뿔 가족사진이야. 안 찍어!

여편네 가면 집 들어올 생각도 하지 마.

사진사 저기…

삼 촌 드러워서 안 들어간다 드러워서!

여편네 그러고서 또 기어들어오겠지.

삼 촌 거 형수 진짜 말 다 했수? 왜 사람들 다 있는데 남의 존심을 깎아내려 깎아내리길!

여편네 존심이 있어? 자존심이? 자존심이라도 좀 있어봐 사람이. 자존심도 없는 게 사람이야? 이럴 때만 자존심 찾는 게 사람이냐고. 넌 자존심 없어도 돼! 아니 없어야돼!

삼 촌 아니 오늘 왜 이래 진짜!

여편네 그게 어떤 돈인데 그 돈을 날려!

삼 촌 아이 씨팔 진짜. 누구는 날리고 싶어서 날렸냐!

삼촌, 여편네의 팔 뿌리치는데 여편네 쓰러진다.

당황하는 삼촌. 여편네 울음 터뜨린다.
짜증나는 아들, 고개 숙인다.

삼 촌 왜 또 울고 난리야.

여편네 내가 제 명에 못 살아. 내가 죽어 죽어! 내가 죽는다
고 – !

쌓인 게 많은지 대성통곡하는 여편네.
욕지거리 하는 삼촌, 그 중간에서 어쩔 줄 몰라 하는 사진사.

삼 촌 넌 뭘 멀뚱멀뚱 보고 있어. 얼른 엄마 일으켜 세워 임
마.

대답 없는 아들.

삼 촌 야!

아 들 (악에 받친) 죽을 거면 혼자 죽지 왜 애먼 사람 다 같이
죽이려고 해 – !

일동 정지. 모두가 아들을 바라본다.
찰칵, 카메라 소리.

사진사 … 됐다.

여편네 (울먹이는) 너 지금 뭐라고 그랬니?

아 들   죽으려면 혼자 죽지 왜 다 죽이려고 하냐고. 나는 죽기
         싫어. 난 아직 죽기 싫다고!

삼 촌   당최 이게 지금 무슨 소리야?

딸랑, 문 열리는 소리와 함께 딸내미 등장한다.

딸내미 조용한 거 보니까 싸울 만큼 싸웠나보네.

아 들   삼촌이 사고 쳐서 그래? 삼촌 때문이야? 근데 나는 왜!
         난 왜 - !

삼 촌   너 무슨 소리 하는 거냐니까.

사진사 (아들 붙잡으며) 조용히 해!

아 들   조용히 하면 뭐가 달라지는데요. 내가 여기서 싸우는
         거나 보자고 여기 다 불러모은 줄 아느냐구!

여편네 언제부터 알고 있었어?

아 들   뭘. 엄마 입으로 말해.

여편네, 사진사 눈치 본다.

여편네 알고 계셨네요.

사진사 (사이) 그게 그, 찾아왔습니다. 애가. 영정사진 찍고 싶
         다고.

여편네 영정사진? 참 너답다. 그래서 여기 오자고 한 거구나.

삼 촌   형수.

모두 여편네의 입만 바라보고 있다.

여편네   그래요. 오늘 우리 가족 마지막 날이에요. 나 서방님 때문에 더 이상 못 살겠어서 죽겠다고.

주머니에 유서 던진다.

여편네   유서에요.

분위기를 파악한 딸내미, 울음 터뜨린다.

여편네   나 더는 못 살겠어요. 죽으면 죽었지 이렇게는 못 살겠어. 이이 나한테 말도 안하고 보증 잘 못 서고, 집안이 이 꼴 나서 보증 선 새끼 잡겠다고 지방으로 이사 온 걸로 모자라서. 생전 일도 안 해본 내가, 파출부 아줌마하고, 그래 다 괜찮아요. 애들 때문에 참았어요. 우리 애들! 대학은 보내려고 그래야 이렇게 안 사니까 가난 되물려주기 싫으니까. 한푼 두푼 모았던 돈이에요. 근데 그 돈을 가져가요? 집구석에서 아무것도 안하는 당신이?

삼　촌   나도 손만 이렇게 안 됐으면 이렇게 안 살아. 아무도 거들떠도 안보는 걸 나보고 어쩌란 말이야.

여편네   양심도 없어.

딸내미   엄마 이게 무슨 소리야.

여편네 (아들에게) 이렇게 살면 영원히 이렇게 사는 거야. 그래
도 살고 싶니? 이런 지옥같은 곳에서 살고 싶어?

긴 사이.

사진사 그러지 말고…

여편네 그래서 가족사진 찍으러 오라고 하셨나요? 동정하세
요?

사진사 그런 게 아니고. 저도 그런 생각한 적 있습니다.

삼 촌 가족 단체사진 멋지네. 신문기사에 실리겠어 아주.

사진사 다시 생각해보세요. 포기하지 않으면 또 그렇게 살아지
더라고요. 안 힘들게 사는 사람이 어디 있습니까 요즘
세상에.

딸내미 엄마, 우리 죽어? 나 무서워.

여편네 엄마는 있잖아. 엄마는 사는 게 더 무서워.

사진사 아닙니다 그렇지 않아요.

여편네 저희한테 왜 이러세요?

사진사 남 가정사 참견하긴 뭐하지만… (사이) 사실, 보증 잘 못
섰다는 이야기에 저도 모르게 그만.

아 들 보증이요?

긴 침묵.

사진사 옛날에 사진관을 크게 하나 냈었거든요. 나는 할 수 있

다는 생각에. 그래서 돈이 조금 필요했고 친구 놈 하나한테 보증을 세웠어요. 그리곤 일이 어그러져서 무작정 도망 나왔죠. 얘를 보니까 제 생각이 나서.

삼 촌   이거 사람 좋은 척은 혼자 다하더니 아주 개새끼였구만. 너도 새끼야 우리랑 같이 죽어 임마. 죽음으로 사죄해 새끼야.

피식 웃는 딸내미.

삼 촌   웃음이 나오냐.

딸내미   아빠 보고 싶어. 우리 죽으면 아빠가 알아? 우리 만나?

삼 촌   만나든 안 만나는 그걸 모르겠냐? 신문기사에 대문짝만하게 실릴 텐데. 그거 못 보겠냐구. 여기 뭐라 그랬지? 영정사진만 찍어주는 사진관이라고? 느낌 좋네. 영정 사진관에서 가족 단체사라.

사진사   저는 죽을 생각 없습니다.

삼 촌   이거 더 개새끼네.

사진사   평생 죄짓는 마음으로 살아가렵니다. 결국엔 살아내야 하는 거 아닙니까. 죽는다고 아무것도 달라지지 않아요.

여편네   설득하려 하지 말아요. 막 산다고 해서 선택도 막하지 않아요. 그런 소리 듣기 싫어서 더 신중하게 생각해요.

사이.

여편네 잘 됐네요… 안 그래도 다 같이 죽으면 누가 우릴 발견 해주나 고민이 많았거든. 며칠 동안 출근하지 않는다는 걸 알고 주인집 사모님이 우리 집에 전화를 걸어볼까. 받지 않으면 걱정이나 할까. 그냥 도망갔겠구나 하고 다른 사람 구하지 않을까. 그럼 누가 우릴 발견해줄까. 썩은 내가 진동을 하면 우체부가 우편을 넣다가 발견할 까. 아니, 우리 집에 올 우편이 공과금 청구서 말고 또 있던가. 그럼 적어도 한 달인가. (사이) 당신, 우리 돕고 싶다고 했죠. 우리 죽으면 어디다가 신고 좀 해줘요.

사진사 그런 소리 하지 마세요. 아무도 죽을 일 없습니다.

삼 촌 외팔이 인생도 여기까지네. 시발 인생 진짜 뭐 없다. 우 리 죽으면 장례는 누가 치러주나.

사진사 뭐가 이렇게 수긍이 빨라요! 원래 알고 있었어요?

삼 촌 양지바른 곳이 아니더라도 어디 길가에라도 묻어주소.

사진사 죽는 게 그렇게 쉬워요?

삼 촌 (왼팔 들어 보이는) 이게 뭔 줄 아쇼?

사진사 네? 왼팔이요. 왼팔은 있네요.

삼 촌 그거 말고! 손목 말이야. 손목. 이미 한번 죽으려 했는 데 뭘. 난 이미 그때 죽었수다. 테레비 만드는 공장에서 기계 고장나서 한 쪽 팔 잘렸어. 이제 한 팔은 어디 뵈 지도 않고 한 팔에는 칼자국 투성이에. 내가 이거 어떻 게 그었는지 알기나 해? 죽고 싶어도 죽을 수가 없어 서! 니미 팔 한 짝이 없어져가지고. 내 손목도 내가 못 긋는다고! 혼자 뒤지지도 못하는 새끼라고 내가!

여편네	그때 죽지 그랬어.
사진사	이보세요!
여편네	그래 차라리 잘됐다. 너희한테 말 못해서 얼마나 마음 졸였는지 몰라. 어떻게 말해야할지…
딸내미	그래서 어제 고기했어?
여편네	(사이) 오늘도 고기였어.
딸내미	나는 오빠 생일이라서 한 줄 알았네.
여편네	오늘이 우리 다 같이 불행을 끝내는 날이야.
딸내미	집 가자. 나 집 갈래. 아빠 보고 싶어.
아 들	이제 아빠 없어 – !
딸내미	아빠 아직 살아있을지도 모르잖아. 지금은 또 모르잖아. 그치 지금은 또 와 계실지도 모르잖아. 오빠가 집에 가봤어? 안 가봤잖아. 어떻게 알아!
아 들	말도 안 되는 소리 좀 그만하고 이제 정신 좀 차려 이 년아! 그만 어린애처럼 굴라고! 아빠 이제 없어! 앞으로도 올 일 없어!
딸내미	아니야 올 거야. 아빠 올 거야. 온다고 했어! 거짓말 치지 마.

울음 터뜨리는 딸내미.

여편네	우리 가족 오늘 여기서 죽는다.
사진사	무슨 말씀을 하시는 거예요. 여긴 제 사진관입니다.
여편네	당신 아니었으면 여기 올 일도 없었어.

사진사   아니 왜 남의 사진관에서…

여편네   남의 일 말리려다가, 이제 자기한테 피해가 가는 거 같으니까 발 빼고 싶나보지?

사진사   그런 뜻 아닙니다. 넘겨짚지 마세요?

여편네   죽지 말라고? 당신이… 우리 안 죽으면 책임질 수 있어? 팔 한 쪽 없는 삼촌에 아빠 돌려내라고 하루 종일 징징대는 딸내미에, 아들이라는 새끼는 (사이) 영, 영정 사진이나 찍자고 하고, 파출부나 하는 여편네 하나 책임 질 수 있어? 당신만 아니었으면 우리 모두 집에서 편안하게 죽을 수 있었어. 책임지지도 못할 거면서 왜 불러가지고 이 난리까지 치게 만들어.

여편네의 윽박지름에 말문이 막히는 사진사.

여편네   … 마지막 부탁이잖아요. 들어주세요. (사이) 이러려고 여기 온 건 아닌데.

사진사   … 여기 죽기 싫다는 애도 있지 않습니까.

긴 침묵.

여편네   좋아요. 그럼 잠깐 나가 계세요.

사진사   무슨 소리에요 지금. 내가 내 사진관을 왜 나갑니까.

여편네   안 죽어! 애들 이야기 좀 들어보려고 그래요. 댁한테 말 하기 싫으니까 나가 있으라구요.

사진사　정말입니까?

삼　촌　댁한테 가정사 다 까발려질 일 있어?

아　들　까발려질 만큼 까발려진 거 같은데 그냥 같이 얘기해요.

사진사　(사이) 알겠습니다. 잠깐입니다.

사진관 밖으로 나가려는 사진사, 뒤돌아본다.

삼　촌　아 안 죽는대잖아.

사진사　누가 뭐래요.

사진사 밖으로 나간다. 사진관 밖에서 쭈그리고 고개 숙이고 있는 사진사.

사진관 내부, 비장한 표정의 가족들.

여편네　자 주인은 쫓아냈으니까 빨리 시작하자.

삼　촌　얘기한 거랑 다르잖아.

여편네　안 그럼 저 사람이 나갈 거 같아요? 내가 보기엔 저 사람 우리 집까지 따라올 사람이야. 이제 집에서 죽기도 글렀어.

아　들　엄마 - !

여편네　너흰 내 말 잘 들어. 우리 언제까지 이러고 살 것 같아.

침묵.

여편네　희망은 보여야 희망인 거야. 안 보이면 그건 희망 아니
　　　　야. 망상이야 망상.

딸내미　망상이 뭐야…

삼　촌　개소리라구 개소리!

여편네　애한테 증말 못하는 말이 없어.

삼　촌　그게 그거잖아. 다 끝난 마당에 뭘.

딸내미　난 안 죽을래 무서워. (사이) 아빠 보고 싶어.

삼　촌　죽으면 만날 수도 있어.

아　들　그만 해 쫌!

삼　촌　아니, 아까 얘가 그랬잖아 죽으면 만나냐구. 나한테만
　　　　지랄들이야 다들.

딸내미　아빠 찾아가자. 아빠 보러 가자 -.

여편네　니들 아빠 없어 이제. 더 이상 버틸 것도 견딜 것도 없
　　　　어졌다구.

아　들　난 아빠한테 다 이야기했어. 메시지 남겨됐다구.

여편네　얘가 쓸데없는 짓을.

　　　　침묵.
　　　　어두운 표정의 가족들.

아　들　엄마.

여편네　설득 안 통해! 절대.

아　들　그게 아니라… 갑자기 궁금한 건데. 어떻게 죽으려고
　　　　했어요?

여편네	뭐?
아 들	자살 말이야. 어떻게 죽으려고 했냐고.
여편네	(사이) 생각 안 해봤는데.
삼 촌	에?

사진관 밖, 주저앉아있는 사진사 앞으로 아빠, 등장한다.

아빠, 손에는 번개탄과 청테이프 들려져있다.

아 빠	실례지만 길 좀 물읍시다. 오랜만에 오니 이거 길이…
사진사	네?
아 빠	여기 혹시 시암동 사거리가 이 근방인 거 같은데 어딘지…

사진사를 자세히 쳐다보는 아빠.

말을 멈추는 아빠.

사진관 안 쪽 카메라 '찰칵' 저절로 찍힌다.

시간은 아빠의 과거로 흐르고 사건이 주마등처럼 스쳐지나간다.

사진사	이번에만 잘되면 내가 돈 2배 아니, 몇 배로 줄게. (사이) 내가 너랑 알고 지낸지가 벌써 십년이 넘었어. 친구 못 믿어? 내가 이런 부탁을 누구한테 해.
아 빠	언제까지 마련할 수 있는 건데.
사진사	곧 될 거야. 이거 되는 사업이야. 사진 잘 찍는다고 계

속 찍어보라고 했던 거 누구야.

아 빠　생각은 해 볼게. 너무 기대하진 말고.

'찰칵' 소리와 함께 시간은 조금 흐른 후다.
아빠와 사진사 서로 등지고 전화를 받고 있다.

아 빠　… 여보세요! 여보세요. 왜 이렇게 전화가 안 돼. (사이) 내 말 듣고 있지? 사진관 문 닫았다던데 어떻게 된 거야. (사이) 아침에 웬 사람 한 명 찾아왔어. 너 없어졌다고. 아니지? 듣고 있으면 대답 좀 해봐. 일단 좀 보자고. 보고 이야기를 해보자고 내가 도울 수 있으면 최대한 도와볼 테… 여보세요! 여보세요! 아니, 이봐 – ! 야 이 씨팔!

전화 내려놓는 아빠.
다시 '찰칵' 소리와 함께 시간이 조금 흐른다.
전화 통화하는 아빠.

아들(F)　아빠… 0월 0일이야. 진짜 얼마 안 남았어. 아빠 나 어떻게 해야 할지 모르겠어. 이거 들으면 꼭 좀 전화 줘. 아빠 잘 있는 거지? 그런 거지?

전화 내려놓는 아빠.
손에 번개탄과 청테이프를 든다.

아　빠　그래, 죽자. (울먹) 그래 죽어 !

다시 '찰칵' 소리와 함께 시간은 현재로.
마주보는 사진사와 아빠.

아　빠　맞지? (사이) 너 이 새끼 맞지!

사진사에게 달려드는 아빠.

아　빠　어떻게 연락 한 통도 없이 버젓이 여기서 이러고 있어
이 개새끼야 !

번개탄으로 머리 내려치려 한다.

사진사　으 악 - !

엎어지는 사진사.

아　빠　너도 죽고! 나도 죽고! 다 죽자!
사진사　잠깐만 - !
아　빠　왜 유언이라도 남기려고?
사진사　안에 사람이 있어.
아　빠　근데? 나보고 어쩌라고. 가서 사진이라도 찍어주고 뒤
지겠다 그거냐?

사진사	그게 아니라! 안에 사람들 자살하려고 한다고!
아 빠	뭐? 자살? 개소리 지껄이지 마!
사진사	아니, 그게, 그게 사정이 좀 복잡해.
아 빠	무슨 소리야.

아빠, 유리창을 통해 사진관 내부를 본다.
가족들과 눈이 마주친 아빠, 놀라며 황급히 들어간나,

딸내미	아빠 – !

딸내미, 아빠에게 다가가 안긴다.
아빠, 놀라며 번개탄과 청테이프 놓친다.

여편네	당신!
삼 촌	형 – !
딸내미	아빠 살아있잖아 거봐! 내 말 맞잖아! 왜 거짓말 쳐!
아 빠	그게 무슨 소리… 아니, 도대체 이게 어떻게 된 거야!
아 들	아저씨. 우리 아빤 줄 어떻게 아셨어요?
사진사	그게… 이게 나도 지금 무슨 상황인지…
삼 촌	뭔 개소리야! 둘이 아는 사이야?
아 빠	(삼촌에게) 둘이 아는 사이야?
삼 촌	그렇게 친한 사이는 아닌데.
여편네	도대체 당신이랑 무슨 사인데 !
아 빠	죽으려고 한다는 사람들이 우리 가족들이야?

사진사　아니…

아　빠　이 개새끼야 – !

아빠, 소리치며 번개탄과 주변 집기 들고 사진사를 덮친다.

사진기 고장나 자동으로 찍힌다.

('찰칵' 소리와 함께 상황이 장면 장면 스톱모션으로 보여진다.)

첫 번째 '찰칵' 아빠가 사진사를 쫓고 있고 가족들이 이를 말린다.

여편네　왜 이래요!

삼　촌　형 미쳤어?

아　빠　나 보증 세운 새끼가 저 새끼야 – !

일동, 포커스 사진사로 옮겨진다.

두 번째 '찰칵' 가족들 모두 사진사를 ◎는다.

삼　촌　이거 진짜 개새끼였어 – !

여편네　죽여!

세 번째 '찰칵' 서로 뒤엉키는 가족들과 사진사.

사진사의 머리카락 움켜지는 여편네.

사진사　아？아？악

네 번째 '찰칵' 번개탄으로 사진사의 머리 내려치는 아들.
눈 뒤집히는 사진사.

아 들   죽어 - !

무대 암전.

제 3장

사진관 한 가운데 사진사 대자로 엎어져있다.
사진사 머리에 혹이 커다랗게 나있다.
사진사를 둘러쌓고 앉아 조용히 쳐다보는 가족들.
긴 침묵.

삼 촌 시팔 이거 진짜 뒤진 거 아니야?

여편네 너무 쎄게 내려쳤어.

딸내미 그러게 그냥 두지 왜 나서서.

여편네 숨 쉬나 봐봐.

가슴에 귀 대보는 삼촌.

삼 촌 아직 살았어. 기절한 거 같은데.

아 빠 아무튼 힘센 건 옛날부터 알아줘야 된다니까.

아빠를 제외한 가족들 천천히 아빠를 쳐다본다.

여편네 당신이 무슨 낯짝으로 여길 들어와?

아 빠 그럼 가족들이 다 같이 죽겠다는데 내가 가만히 있어?

여편네 (아들에게) 넌 쓸데없는 소릴 해가지고.

아　들　　아빠 죽었다며.

아　빠　　뭐?

다 같이 여편네를 쳐다보는 가족들.

여편네　　니들이 맨날 지긋지긋하게 늬 아빠 찾고 난리치니까 엄
　　　　　마가 그런 거 아니야. 어차피 다시 안 올 사람 죽은 거
　　　　　나 다름없지 뭐.

삼　촌　　거짓말 잘하는 건 아주 알아줘야 돼.

딸내미　　어떻게 그런 거짓말을 쳐.

아　빠　　아니, 어떻게 버젓이 살아있는 사람을 죽여.

여편네　　진짜로 죽인 건 아니잖아. 무슨 낯짝으로 여길 기어들
　　　　　어와 기어들어오길.

아　빠　　가족이 다 같이 죽는다는데 나라고 빠질 수 있나.

삼　촌　　뭐?

번개탄과 청 테이프를 쳐다보는 가족들.

삼　촌　　말리러 온 거 아니었어?

여편네　　그래서 같이 죽자고 찾아왔다고? (한숨) 나도 나지만 당
　　　　　신도 참 당신이다.

딸내미　　무슨 소리야…?

한참을 침묵하는 가족들.

삼　촌　그래서 고민해서 결정한 방법이 가스 중독이냐?

아　빠　뭐 그럼 대단한 게 있을 줄 알았어?

아　들　아빠…

여편네　가장이다 가장이야. 역시 콩가루 집 가장은 달라.

한숨 쉬는 아들.

아　들　그래 죽자 죽어. 그렇게 죽고 싶으면 다 죽자고. 아들이
다 죽겠다고 살려달라고 애원하니까 옳다구나 싶었어
요? 그래서 이러고 이거 들고 좋다구나 찾아왔어요?아
빤 안 그럴 줄 알았어. 아빠는 그래도 끝까지 버틸 줄
알았어. 나 아빠 죽은 거 믿지도 않았다고! 안 그랬으면
목소리 남기지도 않았다고!

아　빠　면목 없다. 어떻게 다시 너희들을 보러 오나 했어. 무슨
낯짝으로 내가. 영원히 못 찾아올 줄 알았지. 그래도 찾
아올 수 있는 기회를 줬네 당신이.

사이.

아　빠　나 밉지?

여편네　다 죽을 마당에 미워하면 뭐하고 안 미워하는 게 또 무
슨 소용이에요.

아　빠　죽을 때 죽더라도 이놈은 내가 죽이고 가야겠어. 망할
놈의 새끼. (사이) 찾으려고 할 땐 아무리 기를 써도 못

찾더니 죽으려하니까 찾아지네. 사는 게 이래. 뭘 원하면 이뤄지는 게 하나도 없다고.

사진사의 몸이 슬쩍 움직인다.

아　들　아저씨! 아저씨! 정신 들어요?

미동 없는 사진사.
사이.

아　빠　너 기절 안했지.

사진사 말이 없다.

아　빠　이 개새끼가 진짜!

아빠, 주변에 있는 도구로 사진사를 내려치려 한다.
사진사, 두 손으로 자신의 머리를 막는다.
아빠, 물건을 다시 내려놓는다.
다시 기절하는 사진사.

아　빠　일어나. (사이) 일어나 - !

서서히 몸을 일으키는 사진사.

사진사   여기가 어디지…

아　빠   나 장난 칠 기분 아니야.

사진사, 한참을 침묵하다가 무릎 꿇는다.

사진사   미안하다. 내가 죽을죄를 지었다.

아　빠   그래. 너 죽을죄 지었어. 죽어 마땅해 임마!

사진사   용서해달란 말은 하지 않을게.

아　빠   그래도 양심은 있구나?

사진사   어떻게 해야 내 죄를 씻을 수 있을까 생각했어. 수없이 생각했어. 나 혼자 죽는 걸로는 죄가 씻어지지 않을 것 같았다. 그래서 여지껏 살아있었다. 언젠간 만날 일이 있을 거라 생각했어.

여편네   인연 한번 참 고약하네요.

아　들   아저씨 어떻게 그러실 수가 있어요? 원래 알고 계셨어요?

사진사   아니야, 아니야 난 몰랐어. 난 그저 도우려고 했을 뿐이야.

여편네   말릴 처지도 안 되는 사람 말 듣고 고민하고 있었네.

사진사   … 내가 도대체 어떻게 해야 마음이 풀리겠어. 죽어야 성이 차?

사이.

아 빠	오늘 여기서 너도 죽고 우리 가족도 죽는다.
사진사	죽자고. 그게 최선이야? 그게 너가 정말 원하는 거야?
아 빠	그래 내가 원하는 거야.
삼 촌	그렇게 죽지 말라고 하더니 시발 저승길 같이 가는 동무가 되게 생겼네.
딸내미	어차피 죽는 거 안 아팠으면 좋겠어.
여편네	사는 것보다 고통스럽진 않을 거야.
사진사	가족들 심정은 어떤지 생각해봤어? 다 동의하고 이야기하는 거야? 얘는 죽고 싶지 않아해. 더 살고 싶어한다고!

아들을 쳐다보는 사진사.

아 빠	다수결이야.
사진사	뭔 소리야 지금!
아 들	내가 죽기 싫은 이유는 아빠 때문이었어요. 난 아빠가 죽었다고 생각 안했으니까. 혹시 모르잖아요. 아빠가 안 죽어서 아빠만 두고 가는 거라면 정말 마음이 무거워서요. 나는 아빠가 포기해서 집 나갔다고 그렇게 생각 안했어요. 포기했다면 오히려 집에 있었겠지. 나가서 뭐라도 어떻게든 우리 집안 일으켜야 했으니까 그래서 나갔다고 생각했다고. 그런데 자기 가족이 죽었는데, 그걸 신문으로 볼 거 아니에요. 마음 아프잖아요. 우리들이 싫어서 밖에 있는 거 아니잖아… 이제는 다

괜찮아. 포기한 사람들뿐인 이 집안 나도 미련 없어요.

아빠, 일어나서 청 테이프로 문을 막으려 한다.
가족들, 아빠의 그런 모습에 아무런 말도 하지 못한다.
침묵이 그들의 심정을 대변하는 듯하다.

사진사　　잠깐만.

아　빠　　뭐가 또.

사진사　　그게 아니라, 가스 중독이 그렇게 고통스럽다더데.

아　빠　　무슨 뜻이야?

사진사　　어차피 죽을 거 고통스럽게 죽을 필요는 없잖아.

아　빠　　이젠 자살 방법까지 마음에 안 들어?

사진사　　아까 애들도 아프지 않았으면 좋겠다고…

아빠, 딸내미를 쳐다보고 한숨 쉰다.

아　빠　　그래서 어떻게, 뭐 고통스럽지 않은 자살방법이라도 찾
　　　　　　아봐?

여편네　　나쁘지 않네요.

삼　촌　　뭐가 나쁘지 않아.

여편네　　어차피 죽을 거 아프게 죽을 필요까진 없잖아요. 아프
　　　　　　게 죽으면 누가 더 알아준대?

삼　촌　　가스중독이 느낌 있지 않아?

여편네　　느낌 타령하고 앉아있네.

아　들　먹고 죽은 귀신이 때깔도 곱다는데.

여편네　그 소리가 갑자기 왜 나와.

아　들　배도 조금 고프고…

딸내미　나 배고파 아빠.

아빠, 테이블 위에 있는 고구마와 감자로 시선이 간다.

아　빠　웬 고구마야.

딸내미　나 고구마 먹을래.

한숨 쉬는 아빠.

아　빠　죽기 힘드네 거참.

딸내미, 테이블 위에 있는 고구마 까먹는다.

사진기, 연속으로 찰칵, 찰칵 찍힌다.

아　빠　뭐야?

일　동　고장이야.

일동 한숨.

무대 암전.

제 4장

딸 뒤에서 고구마 까먹고, 가족들과 사진사 일렬로 나란히 앉아 핸드폰을 만지작댄다.

삼촌, 여기저기 기웃거린다.

아 들 안, 아프게… 자살하는, 방법…

삼 촌 그렇게 치면 나오겠냐?

사진사 (슬슬 졸린) 이거 핸드폰도 오래 들여다보고 있으니까 피곤하네요. 금방 잠 들 거 같은데. 좀 쉬었다 하는 게 어떨까요.

여편네 자살하는 방법…

사진사 … 그래 이거 봐. 가스 중독은 아니야. 이거 잘못 되어 살아나면 반병신 된대.

여편네 뭐가 이렇게 복잡해.

삼 촌 뭔데?

여편네 방에서 간이 텐트를 펴세용. 그리고는 텐트를 대형 비닐로 감싼다? 그 안에 호스를 연결해서 질소를 투입하고… 신경, 안정제를? 먹고 텐트 안에서 잠이 들면 됩니당… 단 깨지 마십시오. 큰일 납니다.

아 빠 간이텐트가 지금 어디 있어. 그런 거 말고.

아 들 탄 것을 많이 먹으면 암세포가 늘어납니다. 그럼 죽을 수도…

딸내미   지식인 그거 믿을 거 못 된다니까.

딸내미, 고구마 먹다 캑캑댄다.
사진사, 꾸벅 꾸벅 졸기 시작한다.

여편네   조심히 먹어. 기관지도 안 좋은 게. 너 오늘 약 먹었어?

딸내미   기관지 안 좋은 거랑 목 막히는 거랑 무슨 상관이야.

여편네   애가 사람 잡아먹겠네 아주. 불안해 죽겠구만.

딸내미   원래 불안했어. 언제부터 이랬는데 오늘따라 왜이래. 그리고, 죽는 판에 약은 무슨 놈의 약이야.

여편네   불안했니.

딸내미   뭐가.

여편네   기관지가 안 좋아서 불안하지. 엄만 기관지가 안 좋지도 않은데 참 불안하게 살아. 근데 살다보니까 삶이 그렇더라. 우린 항상 그 불안함 속에서 살고 있더라. 우리봐. 이렇게 불안하잖아. 잠깐 행복해도 언제 또 다시 불행해질지 몰라. 그래서 삶은 불안한 거야.

딸내미   갑자기 무슨 소리야.

여편네   아니야.

사이.

여편네   (민망한 듯 핸드폰을 들여다보며) 아까 뭐 어떻게 해야 된다고 했지? 밀폐된 공간에서 백합꽃을 대량 풀어놓으면, 산소량이 부족해서 죽는다네. 백합이 다른 꽃들에 비해 산소 흡수량이 높대요. 신기하네.

삼 촌 (비꼬는) 공부하세요? 백합 그거 참 로맨틱하네.

사이.

아 들 떡을 먹고 기도가 막혀서 죽은 30대 남성…

삼 촌 이 판에 떡이 어디 있냐.

딸내미 고구마로 대체하면 안 돼? 이거 목 막혀.

아 빠 수면제! 수면제 과다복용 이게 있네.

여편네 그게 제일 편안하긴 하겠다.

아 빠 어때?

사진사를 바라보는 아빠.

아 빠 야! 넌 이 상황에 잠이 오냐? (아들에게) 약국 가서 사 와라.

아 들 내가 갔다 올게.

사진사 깜박 졸았네. 어제 통 잠을 못 잤더니.

아들, 일어서서 아빠 앞에 선다.

아 빠 왜 또 죽으려니까 마음이 그래?

아 들	돈 줘.
아 빠	… 아빠가 지갑을 안 가지고 와서. 애 돈 좀 줘봐.
여편네	내가 돈이 어디 있어.
아 빠	사진 찍으려고 돈 가져왔을 거 아니야.
여편네	공짜로 찍어준댔어요 공짜로.
아 빠	왜?
여편네	자살 말리려고 했다나 뭐라나.
아 빠	돈 좀 있으면 좀 빌려주지.

사진사, 일어서서 카운터로 향한다.

사진사	근데 우리 다 죽으려면 수면제가 몇 알이나 필요한 거야?
아 빠	꽤, 되겠지?
사진사	약사가 그만한 약을 주긴 한데?

사이. 다시 자리에 앉는 사진사.

삼 촌	그러고 보니까 옛날에 넥타이 자기 손으로 졸라서 자살했다는 거 본 적 있는 거 같은데.
딸내미	아프잖아 그거.
삼 촌	이게 목 조르는 게 아프지 않대. 이게 쾌감이 있대. 죽기 직전에.
아 빠	넥타이?

아빠, 목에 있는 넥타이를 바라본다.

아 빠   이걸 자기 손으로 조르면 죽는다고?

삼 촌   그건 아니고 그런 사례가 있었다 뭐 이런 소리지, 자세
　　　　한 건 나도 몰라.

아 빠   여기 넥타이 좀 있나?

사진사   촬영용으로 구비해놓은 게 몇 개 있긴 한데.

사진사, 넥타이를 꽤 많이 들고 온다.

아 빠   이걸로 하면 되겠네.

가족들, 하나씩 넥타이를 매본다.
투덜대는 사람들, 준비가 다 되자 침묵한다.
긴장한 모습이다.

아 빠   한 번에 같이 하는 게 좋겠지?

딸내미   이거 안 아프게 죽는 방법 맞아?

아 빠   다 맸지? 이제 어떻게 하면 될까.

삼 촌   당기면 되지 뭘 알면서 물어.

아 빠   아무래도 동시에 당기는 게 좋겠지? 이렇게 하자 내가
　　　　하나 둘 셋 하면 같이 당기는 거야. 알았지?

심호흡 하는 가족들

아 빠   자, (사이) 하나, 둘…

삼 촌   잠깐 이렇게 갑자기?

아 빠   뭘 갑자기야.

삼 촌   마음의 준비는 좀 해야 될 거 아니야.

아 빠   마음의 준비는 하고 왔어. (사이) 자 간다. 하나, 둘, 셋!

아무도 넥타이를 당기지 않는다.

삼 촌   시벌 뭐야. 다 죽기 싫어?

아 들   삼촌은요.

삼 촌   나는 임마. 마음의 준비를 좀 했지.

아 빠   조용히 해! 다시 할 테니까.

사이.

아 빠   하나, 둘…

아 들   잠깐만요.

아 빠   또 왜!

아 들   그러지 말고 서로 당겨주는 건 어때요?

아 빠   일리가 있는 방법이야.

일 동   뭔 소리야 또.

아 빠   의미 있잖아. 어떻게 하면 되지? 위치를…

동그랗게 둘러앉아보는 가족들.

여편네   이러고 있으니까 좀 웃기긴 하네. 이거 뭐 수건돌리기도 아니고.

아 빠   잠깐만. 넌 나랑 위치 좀 바꾸자.

삼 촌   나? 왜?

아빠, 삼촌 옆에 있는 사진사 바라본다.

아 빠   이 새끼는 내가 당기고 싶어.

삼 촌   나도 마찬가지야 그거.

아 빠   양보해.

삼 촌   에이 시발. 늦게 태어난 게 죄지.

사진사   왜 난 기분이 나쁘지.

여편네   조용히 해요.

다시 자리를 바꿔 둘러앉는 사람들.

아 빠   자 그럼 시작할까. 하나, 둘…

여편네   잠깐만요.

일 동   또 왜!

여편네   두, 둘러앉은 김에 한마디씩들 하는 건 어때?

삼 촌   한마디가 무슨 의미가 있어 지금.

여편네   그래도 마지막인데. 뭔가 한마디씩 해야 될 거 같잖아…죽는데 아무 말 없이 그냥 간다는 것도 마음이 좀 그렇고.

아　빠　알았어 알았어. 그럼 한마디씩 해. 누구 먼저 할 거야.

다 같이 아빠를 쳐다보는 가족들.

아　빠　왜 다 날 쳐다봐.

여편네　당신이 먼저 해요.

아　빠　(헛기침) 뭐 어찌됐든 상황이 여기 까지 왔는데, 그런 이
　야기가 있어. 같이 죽으면 다음 생에도 같이 태어난다
　고. 우리 지금 살아왔던 삶 더럽게 지랄 같았지만! 다음
　생엔 우리 이렇게 살지 말자. 더 좋은 곳에서 더 좋은
　것 먹으면서 좋은 거 입고 그렇게 살자.

삼　촌　끝이유?

아　빠　끝이야.

삼　촌　다음 누구야.

아　들　그냥 시계방향으로 도시죠.

사진사　(진지한) 저 이게 지금 어떻게 된 상황인지는 모르겠지
　만…

아　들　아저씨 시계방향은 이쪽이에요.

사진사　아 그렇네.

여편네　나는 다 괜찮아. 여기서 죽는 것도, 나는 어차피 살아올
　만큼 살았고, 지옥 같은 이 세상 더 살고 싶지도 않아.
　그래도 마지막 자리에 당신이 있어서 나는 기뻐. (사이)
　사실 얼굴이 가물가물했어. 그렇게 오랜 세월 봤는데
　이게 한 3년 안보고 사니까, 어느 순간 나도 당신을 잊

고 있는 거야. 기억 저 편에서 당신 얼굴 꺼내면 생각이 나는데… 불현듯 떠오르지가 않는 거야 이제. 죽일 년이지. 그리고 너희들, 너희들한테 너무 미안해. 엄마가. 말 못하고 이런 결정을 내 멋대로 한 것도 미안하고. 다음 생에는 좀 더 좋은 엄마를 만났으면 해. 사랑한다. 우리 아들, 딸내미 다. 유경이는… 유경이는…

아　들　왜 또 울고 그래요 엄마.

여편네　아니야, 미안해서 그래 미안해서…

아　들　삼촌 해요.

삼　촌　다 죽는 마당에 뭔 말을 하냐. 유언하냐? 누가 들어준다고. 왜, 녹음기라도 틀어놓지 그래? 난 됐어.

아　들　다음.

삼　촌　정 없는 새끼.

딸내미　고구마 먹었더니 똥마려워.

삼　촌　다음.

아　들　마지막은 행복했으면 좋겠어요. 죽는 모습이 괴롭지 않았으면 좋겠어요. 다 같이 죽는데 괴롭게 죽어있으면 너무 안쓰럽잖아.

아　빠　자 그럼 하나, 둘…

사진사　(다급한) 잠깐만 나는…

아　빠　입이 있으면 지껄여보시지.

사진사　마지막까지 너무 하네.

삼　촌　너무해? 그게 할 소리야? 형 나와 봐. 저 새끼 내가 당길려니까.

삼촌, 일어서는데.

사진사 미안합니다! 몇 번을 마음속으로 이야기했는지 모르겠어요. 혹시나, 혹시나! 자네를 만나면 미안하다고 이야기하겠다고. 내가 왜 이 사진관을 열게 된 건 줄 알아? 돈도 안 되는데 영정사진만 찍는 사진관을 만든 이유를 아느냐구. 당장이라도 죽을 거 같은데, 죽고 싶은데. 또 그럴 용기는 없고. 그러다 문득 죽기 전에 영정사진을 찍는 사람은 어떤 느낌일까 했어요. 궁금했기도 하고 봉사하는 마음으로 시작했어요. 뭔가 내 죄를 조금이나마 씻어내는 것 같기도 하고, 이런 사진을 계속 찍다보면 나도 언젠가 죽을 수 있지 않을까, 용기를 낼 수 있지 않을까 그런 생각에. (사이) 내가 미안해. 미안해. 근데, 근데 이 말밖에 할 수 있는 말이 없어…

여편네 그만 미안해해요. 그런 말한다고 뭐가 달라진다고. 그래도 댁 덕에 우리 가족이 다모여서 이러고 한마디라도 하고 죽을 수 있게 된 거 아니에요.

침묵하는 가족들.
'찰칵' 카메라 연속으로 찍히는 소리.

삼 촌 타이밍 죽이네. 저거 렌즈 이쪽으로 돌려놓을래? 우리가 시체처럼 널브러진 사진 찍히도록? 퓰리처상 감 아니야? 헤드라인 영정사진관에서 가족 단체사… 아 (사진사에게) 넌 아니지.

아　빠　다들 고생 많았다. 자 이번엔 진짜야.

사이.

아　빠　하나, 둘, 셋…!

가족들과 사진사 모두 각자의 손에 잡고 있던 넥타이를 있는 힘껏 당긴다. 그 모습이 슬로우 모션으로 보여진다.

그 행동은 웃길지 모르지만 그들의 표정은 꽤나 슬퍼 보인다. 죽을 것 같던 표정의 그들은 목이 막히기 시작하자, 잡고 있는 손에 힘이 풀린다. 다 같이 손에 힘이 풀리면 그들은 다시 숨을 쉴 수 있게 되고 다시 손에 힘을 준다. 그런 우스꽝스러운 행동들이 반복된다.

삼　촌　잠깐만, 아이씨 잠깐만!

다 같이 손에 힘을 풀고 캑캑 대는 사람들.

삼　촌　이거 뒤질 수 있긴 한 거야?

아　들　삼촌이 하자고 그랬잖아.

삼　촌　내가 언제 하자고 그랬어. 그런 사례가 있다고 했지 임마.

딸내미　아까 삼촌이 하자고 꼬셨잖아.

삼 촌 넌 시끄러. 힘도 없어서 잘 당기지도 못하는 게 내가 제
일 늦게 죽을 뻔했어.

아 빠 목이 졸리면 힘들어서 팔에 힘이 빠지잖아.

여편네 그럼 다시 힘을 주고 그럼 목이 졸려…

긴 침묵.

어찌해야 될지를 모르는 사람들.

아들, 넥타이를 바라보다 벌떡 일어선다.

아 들 잠깐만요! 아까…

아들, 핸드폰을 뒤진다.

삼 촌 너 또 쓸데없는 거 가져오기만 해봐.

아 들 셔츠에 물을 적신 뒤 목을 가볍게 압박할 만큼 묶고 잠
을 잔다. 압박만으로도 혈류가 멈춰서 죽게 된다. 이거
이게 있었네.

아 빠 셔츠 있지.

사진사 촬영용으로 구비해놓은 게 몇 개 있긴 한데.

삼 촌 여긴 뭐 이렇게 구비해놓은 게 많아 사람도 안 오는 게.

사진사, 넥타이를 걷어가고 셔츠를 몇 장 가지고 온다.

아 빠 물은?

테이블 위 고구마와 감자들 옆에 있는 물통을 가져오는 사진사.
셔츠에 물을 적신다.

딸내미　　근데.

여편네　　왜.

딸내미　　땅바닥 너무 차갑지 않아? 이불이라도 깔아야⋯

삼　촌　　이년이 정신이 나가가지고.

딸내미　　왜 나 차가운 바닥에 누워있는 거 싫단 말이야.

사진사　　보일러 올리고 올게.

사진사, 들어가서 보일러 올리고 나온다.
가족들, 셔츠를 목에 묶어본다.

삼　촌　　이렇게 하면 진짜 죽는 거야?

아　들　　일단 해봐요. 그렇다잖아.

딸내미　　인터넷 믿을 거 못 된다니까.

이번에는 일렬로 셔츠를 목에 묶고 눕는 사람들.

딸내미　　아직 차가운데.

사진사　　보일러가 오래 되서 좀 걸립니다.

여편네　　그거 보일러 수리하는데 얼마나 한다고.

아　들　　우리 집 보일러 고장난 지 1년 됐어 엄마.

못 들은 척 눕는 여편네.

인상 쓰며 눕는 딸내미.

아 빠　이제 자자.

여편네　저기, 다 같이 누운 김에 한마디씩 하는 건… 그냥 자자.

꽤 오랜 시간동안 말하지 않는 사람들.

잠이 든 듯싶다.

딸내미　아빠.

아 빠　왜.

딸내미　잠이 안 와.

아 들　너만 잠 안 오는 거 아니야.

삼 촌　이 상황에서 잠이 오면 사람이냐?

사이.

여편네　불 끌까?

아 빠　여보…

여편네　불을 꺼야 잠을 자지. 유경이는 불 안 끄면 잠 못 자. 당신도 알면서. 그리고… 그거 당신 닮은 거잖아. 유경이 잠 안 오지?

딸내미　아니 올랑말랑해. 아빠.

아 빠　응?

딸내미　　(순수하게 웃는) 그래도 아빠랑 같이 자니까 좋다.

여편네　　(슬픈) 불 꺼줘. 그래도 마지막인데 못 해줄 거 없잖아.

일어나는 아빠, 딸내미의 얼굴을 한참동안 쳐다본다.

딸내미　　왜?

아　빠　　아니, 아니다.

딸내미　　(즐거운 듯 속삭이는) 엄마, 난 엄마가 아빠 죽었다는 거 처음부터 거짓말일 줄 알았다? 그래서 처음부터 민지도 않았어.

계속해서 주절대는 딸내미.

삼　촌　　어차피 우린 다 죽어.

삼촌의 허벅지 꼬집는 여편네.

삼　촌　　아 – 아!

아　빠　　(사이) 여기 불 어디 있어?

삼　촌　　(아픈 허벅지 문지르며) 이보쇼 형씨. 여기 불 어디 있어.

대답이 없는 사진사.

삼촌, 일어난다.

삼 촌   이보쇼! … 너 자냐?

조용히 들리는 사진사의 코고는 소리.
삼촌, 발로 사진사 찬다. 벌떡 일어나는 사진사.
주위를 살핀다.

사진사   천국입니까.
삼 촌   뒤져. 뒤져 새끼야.

안도의 한숨 쉬는 사진사.

삼 촌   이래가지고 오늘 안에 뒤질 수 있긴 한 거야?
여편네   복잡하게 생각하지 말고 그냥 비닐봉지 쓰고 끈으로 해
　　　　서 여기 이렇게 묶으면 숨 막혀서 죽는 거 아니야?
삼 촌   숨 막히면 참 안 고통스럽겠네요 응?
딸내미   삼촌이 숨 막히면 쾌감이 온다며.
아 빠   비닐봉지… 이봐.

사진사 쳐다보는 아빠.

아 빠   촬영용으로 구비해놓은 거 있지.

안 쪽으로 홀린 듯 들어가는 사진사, 아직도 잠에 취해있다.

삼 촌   이놈의 사진관에는 없는 게 없네. 이제 저 방에서 뭐가
          나올 지가 더 무서워.

          비닐봉지를 가져오는 사진사.

사진사   끈이 없어.
삼 촌   망할. 드디어 없는 게 나오는구만.
아 들   신발 끈… 신발 끈 있잖아요.

          사이.
          일동, 신발 끈을 푼다.

여편네   까만색 없어요? 징그럽게 투명색이 뭐야 투명이 옆 사
          람 다 보이게.
사진사   죄송합니다.

          삼촌, 비닐봉지 뒤집어쓴다.

삼 촌   이래 죽으나 저래 죽으나.

          천천히 비닐봉지를 뒤집어쓰는 사람들, 자신의 목을 끈으로
          묶는다.

딸내미   오빠 나 끈 못 묶는 거 알잖아.

아 들   (안 들리는) 뭐라고?

딸내미   나 끈 못 묶는다고!

여편네, 가장 먼저 묶었는데 커다란 리본 모양이다.
비닐봉지를 벗는 아들. 그 모습에 한숨 쉰다.

아 들   엄마, 리본모양으로 묶으면 잘 풀리싫아요.

여편네   (안 들리는) 뭐라고?

리본 한손으로 풀고 비닐봉지 벗는 여편네.

여편네   뭐라고?

아 들   아니에요. (사이) 잠깐만요. 서로 묶어줘야 할 것 같은
데요.

삼 촌   뭔 끈 하나 못 묶어서 참내. (사진사 보며) 안 묶고 뭐했
어.

사진사   끈 묶을 줄 모릅니다.

한숨 쉬는 삼촌.

아 빠   줘봐. 좀 해줘봐 다들.

서로가 서로를 보고 묶어주는 사람들.
투명한 비닐봉지 탓인지 서로의 얼굴이 고스란히 보인다.

괜스레 눈물이 나는 딸내미.

아　들　왜 울어.

딸내미　몰라. 그냥 눈물이 나.

삼　촌　감성적인 년.

아　들　그만 좀 해요 - !

삼　촌　내가 뭘!

아　들　지금 농담 따먹기 할 때에요?

삼　촌　이놈의 새끼가 삼촌한테 말버릇 봐? (사진사 묶어주며)
아니 근데 형씨는 왜 아까부터 말이 없어. 아직도 잠 덜
깼어?

사진사　… 떨립니다.

삼　촌　뭐가!

사진사　항상 죽는다는 생각을 코앞에 두고 있었는데 이게 정말
코앞으로 다가오니까 그냥 뭐 그렇습니다.

삼　촌　쓸데없이 철학적이네. 거 가만히 좀 계쇼.

사람들, 정면을 보고 숨을 쉬기 시작한다.
조용한 와중에 숨소리가 들리고 사람들의 비닐봉지가 가득 차
기 시작한다. 그런데, '푸슉 푸슉' 바람 새는 소리가 들린다.
사진사의 비닐봉지에 조그만 구멍에서 바람이 새어나온다.
바람소리에 이상함을 느끼는 가족들, 시선이 사진사에게 간다.
비닐봉지 벗어던지고 일어나는 삼촌.

삼 촌 이 개새끼야! 이 새끼지만 살려고 비닐봉지에 구멍 뚫
어놓은 것 봐 이 새끼. 이 새끼 보라구!

사진사를 마구 때리는 삼촌.

삼 촌 넌 살겠다 이거냐? 살겠다는 거냐고.

사진사 아니에요 아니에요.

삼 촌 아니긴 뭐가 아니야 이 새끼야. 비겁한 새끼 내가 아까
부터 이 새끼 개새끼라고 그랬지? 말 안하고 혼자 긴장
하고 있을 때부터 이상하다 싶었어 이 새끼!

아 빠 치사한 새끼.

여편네 죽여버려요.

캑캑대는 딸내미와 등 두드려주는 아들.
사진사를 때리는 삼촌과 이를 지켜보는 아빠와 여편네.

사진사 잠깐만요! 잠깐만! 내가 뚫은 거 아니에요.

삼 촌 (때리며) 뭐라고?

사진사 구멍 내가 뚫어 놓은 거 아니라고!

멈추는 삼촌.

사진사 뚫려 있었네. 아니 왜 생사람을 잡고 그래요. 내가 그렇
게 경우 없는 사람으로 보여요?

더 때리는 삼촌.

삼 촌　그걸 나보고 믿으라고? 나보고 믿어?

아 들　잠깐만요! 잠깐만! 유경이가 이상해요.

계속해서 캑캑대는 딸내미.
아빠와 여편네 황급히 딸내미에게 다가간다.

아 빠　딸 왜 그래?

여편네　숨 막혀? 숨 막혀? 우리 유경이 기관지가 안 좋잖아. 오
늘 약 안 먹더니.

아 빠　숨 쉬어봐. 숨. 애 또 과호흡 온 거 아니야? 비닐봉지!
비닐봉지!

아 들　여기 있잖아요.

아빠, 비닐봉지를 딸내미의 입에 갖다댄다.

여편네　(침착한) 흥분하지 말아요. 주위 사람이 흥분하면 경련
더 오는 거 몰라? 침착해야 돼. 119불러.

아 빠　(횡설수설하는) 업혀. 빨리. 병원 가자. 지금 병원 가. 뭐
해! 119 안 부르고!

삼 촌　119? 무슨 119를 불러.

여편네　아 모르면 좀 빠져요! 애가 그냥 과호흡인 줄 알아?

켁켁대는 딸을 둘러싸는 사람들, 걱정한다.
걱정하는 말이 겹치며 오간다.
시끄러워지는 사진관.

딸내미   잠, 잠깐. 잠, 깐.

에워싸는 사람들.

딸내미   아 쫌. 나와봐 – !

정적.
켁켁 대는 딸내미.

딸내미   이러다 진짜 숨 막혀서 죽겠네. 사래 들렸어!
아 빠   뭐?
딸내미   사래 들렸다고. 왜 등은 때리고 난리야 아파 죽겠네.
아 빠   그, 그래?
딸내미   오바는 하고 난리야.

민망한 가족들. 엎어져있는 사진사.

여편네   저 아저씨 좀 일으켜줘.

사진사를 일으켜주는 삼촌.

아 빠	아빠는, 걱정 되서 그랬지.
아 들	걱정은 무슨 걱정이요! 119는 무슨 119! 지금 죽으려고 다 비닐봉지 쓰고 있던 거 아니야?
삼 촌	(사진사를 보며) 이 새낀 아닌 거 같아.
아 들	진짜 다들 죽고 싶은 거 맞아? 죽고 싶어서 이러고 있는 거 맞느냐구.

말이 없는 사람들.

아 들	죽기 싫지. 지금 죽기 싫지!
여편네	그런 거 아니야.
아 들	근데 왜 다들 말을 안 해 - !

각자 천천히 자리에 앉는 사람들.

아 들	(울며) 나 왜 지금 이거 다 말 듣고 하고 있는 줄 알아? 내가 바보 멍청이인줄 아냐구. 나는 뭐 말도 못하는 벙어리라서 이러고 있는 줄 아냐고.

울먹이는 딸내미.

아 들	유경이 너도 알잖아. 어린애 아니잖아. 삼촌도 알잖아요. 엄마도 아빠도 아니 다 알잖아요! 이런 방법으로 죽을 리 없다는 거 다들 알고 있잖아. 안 죽을 거라는 거

알고 있잖아. 뭐 지금 여기서 연극하냐고!

사이.

아 들　　엄마… 집에 가자.

여편네　못 가.

아 들　　고집부리지 말고!

여편네　엄만 집에 못 가.

아 들　　진짜 죽고 싶어?

여편네　… 그래.

아 들　　꼭 여기서 죽어야 될 이유 하나도 없잖아. 근데 자꾸 여기서 죽으려고 하잖아. 사실 밖에 나가서 옥상에서 떨어져도 깔끔하고.

여편네　동네 망신이잖아.

아 들　　다 같이 목을 메도 되고.

삼 촌　　아파.

아 들　　그만 좀 하세요. (사이) 굳이 여기서 죽을 이유를 기어코 찾는 게 사실 그런 거잖아. 우리 다 알고 있는 거잖아.

가족을 둘러보는 아들.

아 들　　엄마, 아빠, 삼촌! 우리 딱 한 달만 더 살아보자. 그래도 이 세상 진짜 못 살겠으면 그때 같이 죽자! 그땐 다 같이 깔끔하게 한 번에 가는 방법 찾아서 그렇게 죽자고!

85

아까 나 생일이라고 소원 들어준댔잖아. 이게 내 마지막 소원이야.

여편네　한 달 산다고 달라질 거 같지 않으니까 그러니까 이런 결심 한 거잖아. 이 불행이 언제까지 지속될 줄 알고 불안에 떨며 언제까지 살아갈래.

아　들　언제 불행이 다시 올지 모른다고, 잠깐의 행복도 느끼지 않을 거야? 왜 이렇게 꼬였어?

여편네　네가 살아봐라. 언제 불행이 와도 이상하지 않아. 정말 안 그럴 거 같은 순간이 불행이 오면 이제는 그냥 체념해. 삶이 그렇다고.

아　들　삶이 그러니까 살아내자. 막상 죽는다고 하니까 무섭지. 그렇잖아! 난 지금 엄청 무서워. 아까부터 엄청 무서웠고! 다들 그렇지 않아? 다 그렇잖아. 마음먹어도 닥치면 무섭잖아 두렵잖아!

딸내미　나도 무서워. 난 아까부터 무섭다고 이야기했다구.

아　들　아빠 왜 말이 없어? 입이 없어요?

긴 사이.

아　빠　(여편네의 어깨 잡는) 여보. 이제 그만 들어가자.

여편네, 무너진다.
펑펑 우는 여편네, 가족들 그녀를 다독인다.

여편네 두려워도 해야 되는데. 사는 게 더 두려울 건데, 무서울
       건데 –. 언제 또 다시 더 큰 불행이 닥칠지 모르는데 –
       .

한참을 울던 여편네, 울음 잦아든다.

아 들 엄마가 그랬지. 우리 가족 사는 거 참 불안하게 산다고.
       어디가 꼭 아프지도 않은데 뭐가 그렇게 큰 문제가 있
       는 것도 아닌데 참 불안하게 산다고. 아니, 우리 가족
       문제 많아, 아파. 그래서 불안해. 근데 그게 당연한 거
       야. 우리가 언제부터 이랬는데 왜 지금 이래. 우린 항상
       그 속에 살았고. 우리만 불안하게 사는 거 아니야. 다
       참고 하루하루 살아내는 거야.

울음을 서서히 그치는 여편네, 몸을 일으킨다.

여편네 (사이) 고기 재워놨어.

사진관 문을 나서려는 여편네, 갑자기 돌아선다.

여편네 아직 식전이죠. (사이) 시간되시면 같이 식사라도 하실
       래요.
사진사 저는, 저는…

울먹이는 사진사.

삼 촌 형씨까지 울면 신파야. 울음 그쳐.

사진사 나는 울고 싶어도 못 울게 하고. (사이) 제가 껴도 되는
지.

여편네 숟가락만 하나 더 올리면 되는데요 뭘.

사진사 아니에요. 저는, 아니에요.

삼 촌 관심 없으면 저기 있는 고구마로 대충 떼우던가.

가족들 나가려는데.

사진사 저기요.

삼 촌 왜 또 마음이 바뀌었어?

사진사 그게 아니고. 가족사진 찍고 가세요. 오늘 사실 그거 때
문에…

딸내미 그랬지.

사진사 이리로 오세요. 찍고 가시죠. 이것도 기념이라면 기념
인데.

삼 촌 됐어 무슨 사진이야. 기념은 개뿔 기념. 가자.

아 들 찍고 가. 가족사진 찍으려고 여기 온 거잖아.

아 빠 여긴 영정사진만 찍는다고 하지 않았어?

삼 촌 한 달 후에 죽겠다며 무슨 사진.

아 빠 영정사진으로 쓸 수도 있지 뭐.

아 들 아빠 ‒ !

여편네   어쩜 생각하는 게 애랑 똑같아요?

아　빠   뭐가? 왜?

우물쭈물 사진기 앞으로 모이는 가족들.
그들의 표정이 매우 슬퍼 보인다.

사진사   사진 찍습니다. 좀 웃으세요.

억지웃음 짓는 가족들. 표정이 딱딱하다.

사진사   자, 하나 둘, 셋 - !

사진기 말을 듣지 않는다.

사진사   이거 못 고쳤지 참. 저 잠시만…

여편네   아오 마지막까지 진짜.

삼　촌   가지가지 한다 진짜.

사진사   저기 근데…

아　빠   또 왜!

사진사   … 깻잎이나 상추도 있습니까? 제가 야채 없이는 고기
를 못 먹어서.

고장 난 사진기 '찰칵' 소리와 함께 연속적으로 찍힌다.

사진사 어?

당황하는 가족들의 모습이 카메라에 담긴다.
다시 한번 '찰칵' 소리.
행복해 보이는 가족들의 표정.

사진사 보세요. 사진을 찍으니까 행복해지잖아요.
딸내미 잠깐이라면서.
사진사 잠깐이라도 이 순간을 느껴요.
삼 촌 쓸데없는 소리 하지 말고 다 찍었수? 찍었으면 가자고.
사진사 아직 – 한 장만 더 찍을 게요. 하나 – 둘 – 셋!

사진기 찍히려는데, 딸내미 표정이 좋지 않다.
사진기 '찰칵' 찍히면서, 딸내미 기침하며 피 토한다.
일동 놀라는데, 여편네의 표정 담담하다.

막.

한국 희곡 명작선 18

가족사(死)진

초판 1쇄 인쇄일   2019년 1월 16일
초판 1쇄 발행일   2019년 1월 25일

지 은 이   김성진
만 든 이   이정옥
만 든 곳   평민사
          서울시 은평구 수색로 340 [202호]
          전화: (02) 375-8571(代)
          팩스: (02) 375-8573
          http://blog.naver.com/pyung1976
          이메일 pyung1976@naver.com
등록번호   제251-2015-000102호
 정 가   7,000원

  ※ 이 책은 사단법인 한국극작가협회가 한국문화예술위
     2019년 제2회 극작엑스포 지원금을 받아 출간하였습니다.